¡Hola, Cangrejito!

Jonathan Fenske

ACORN™
SCHOLASTIC INC.

Para Pendy, que siempre se ríe
de mis chistes de viejo.

Originally published in English in 2019 as *Hello, Crabby!*

Translated by Abel Berriz

Copyright © 2019 by Jonathan Fenske
Translation copyright © 2019 by Scholastic Inc.

ISBN 978-1-338-35911-4

10 9 8 7 6 5 4 3 2   19 20 21 22 23

Printed in China   62

First Spanish edition 2019

Book design by Marissa Asuncion

LA PLAYA

Hoy es solo otro día en la playa.

El **sol** en los ojos.

La **sal** en los dientes.

La **arena** en el caparazón.

Es suficiente para **enojar** a un cangrejo.

3

Humm.
¿Qué cosa divertida
puedo hacer hoy?

Puedo cavar
un agujero.

Puedo observar
como se llena
de agua.

Puedo cavar
un agujero
otra vez.

Puedo correr hasta las dunas.

Puedo correr hasta la orilla.

Puedo sentarme **aquí**.

Vaya.

Tengo tantas opciones.

Bueno, parece que hoy toca **CORRER-HASTA-LA-ORILLA**.

5

EL CANGREJITO GRUÑÓN

Oh, cielos.
Ahí viene ese
Plancton **pesado**.

¡Buenos días, Cangrejito!

Dije: ¡**buenos días, Cangrejito**!

¿Qué tienen de **buenos**?

Pufffff.

15

¡Mira el cielo **azul**!

Lo prefiero **gris**.

¡Mira el agua **clara**!

La prefiero **turbia**.

Bueno, Albita es una cangreja, y **ella** no es gruñona.

Talita es una cangreja, y **ella** no es gruñona.

Luisito es un cangrejo, y **él** no es gruñón.

18

Bueno, yo **no** soy Albita, Talita ni Luisito.

Soy Cangrejito. Y **SOY GRUÑÓN**.

Sí. Lo sabemos.

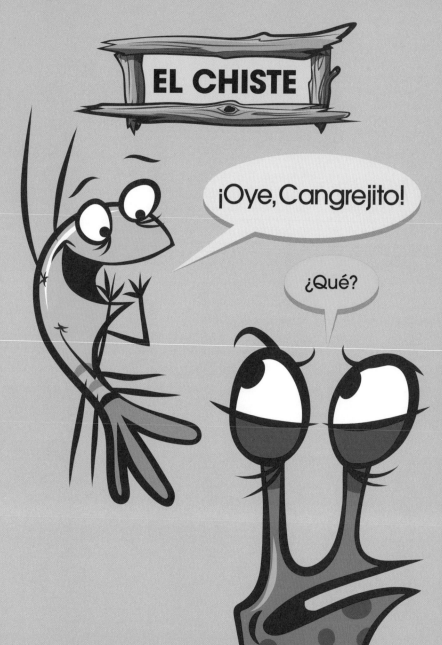

Si te cuento un chiste **gracioso**, ¿seguirás siendo gruñón?

Probablemente.

Pero es un chiste **muy gracioso**.

Probablemente no.

Entonces, ¿probablemente **no** seas gruñón si te cuento un chiste muy gracioso?

No. Probablemente **no** sea un chiste muy gracioso.

¡Te **juro** que reirás hasta que te duelan los huesos!

Los cangrejos no **tenemos** huesos.

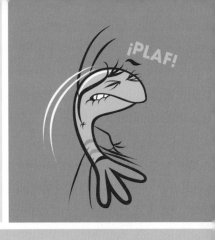

¡PLAF!

Bueno, ¿quieres oír el chiste?

Realmente no.

Tomaré eso como un **sí**.

¿Cuánta sal necesita el cangrejo para cocinar?

23

¿Era **ese** el chiste?

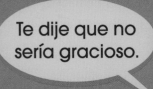

Te dije que no sería gracioso.

¡AAAHHH!

Déjame mostrarte cómo funciona.

EL PASTEL

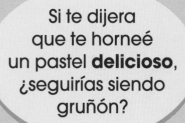

¡Hola, Cangrejito!

Si te dijera que te horneé un pastel **delicioso**, ¿seguirías siendo gruñón?

33

¡Pero tu **mal humor** me está volviendo **LOCO**!

¡Y tu **locura** me está poniendo de **MAL HUMOR**!

Bueno.

Dejarás de ser gruñón cuando veas el pastel.

Probablemente **siga** siendo gruñón.

No
lo serás.

Sí lo
seré.

**No
lo
serás**.

Como
quieras.

Albita, Talita,
y Luisito:

¡Traigan
el
PASTEL!

Oh, ¿acabo de ver una **sonrisa**?

No.

Estoy seguro de que vi una sonrisa.

No fue una sonrisa.

Anjá. Bueno, un delicioso pastel de chocolate me haría sonreír **a mí**.

¡NO fue una sonrisa!

Y, para que lo sepas, prefiero el pastel de **limón.**

¡OH!

¡OH! ¡OH!

Entonces, ¿vas a comer pastel o no?

No tengo intención de hacerlo.

TOC TOC

♪ ♪

TIIC TIIC

Ya, está bien. Dame pastel.

¿Y?

¿Y?

¿Y bien?

Está un poco **seco**.

¡AAAHHH!

¡Cangrejito es **MUY GRUÑÓN**!

Sobre el autor

Jonathan Fenske vive en Carolina del Sur con su familia. Nació en Florida, cerca del océano, ¡así que conoce bien la vida en la playa! Ninguna criatura marina le horneó un pastel, pero a él le habría **encantado** el pastel que horneó Plancton, porque el de chocolate es su favorito.

Jonathan es el autor e ilustrador de varios libros infantiles, incluidos **Percebe está aburrido, Plancton es un pesado** (seleccionado por la Junior Library Guild) y el libro de LEGO® **I'm Fun, Too!** Uno de sus primeros libros, **A Pig, a Fox, and a Box,** obtuvo el premio honorífico Theodor Seuss Geisel.

ESTOS LIBROS NO SON GRACIOSOS.

Percebe está **ABURRIDO**
Jonathan Fenske

Plancton es un PESADO
Jonathan Fenske

¡TÚ PUEDES DIBUJAR A CANGREJITO!

YUPI.

1. Dibuja dos óvalos y conéctalos con una "U" para hacer los ojos.

2. Dibuja el cuerpo.

3. Añade seis patas y una boca.

4. Dibuja dos brazos y dos pinzas (una pinza debe ser más grande que la otra).

5. Añade los detalles finales.

6. ¡Colorea tu dibujo!

¡CUENTA TU PROPIO CUENTO!

Plancton le hornea un pastel a Cangrejito.

¿Qué tipo de pastel le hornearías **tú** a Cangrejito?

¿Cómo luciría el pastel?

¿Haría el pastel sonreír a Cangrejito?

¡Escribe y dibuja el cuento!